l árbol®

y La casa del árbol, **MISIÓN MERLÍN®**.

*¡Gracias por escribir estos maravillosos libros! He
aprendido mucho sobre historia y el mundo que me rodea.*
—Rosanna

*La casa del árbol marcó los últimos años de mi infancia.
Con sus riesgosas aventuras y profunda amistad, Annie y
Jack me enseñaron a tener valor y a luchar contra viento
y marea, de principio a fin.* —Joe

*¡Las descripciones son fantásticas! Tienes palabras para
todo, salen a borbotones, ¡oh, cielos!... ¡La casa del árbol es
una colección apasionante!* —Christina

*Me gustan mucho tus libros. Me quedo despierto casi
toda la noche leyéndolos. ¡Incluso los días que tengo clases!*
—Peter

*¡Debo de haber leído veinticinco libros de tu colección!
¡Leo todas las aventuras de* La casa del árbol *que encuentro!* —Jack

*Jamás dejes de escribir. ¡¡Si ya no tienes más historias
que contar, no te preocupes, te presto mis ideas!!* —Kevin

¡Los padres, maestros y bibliotecarios también adoran los libros de La casa del árbol®!

En las reuniones de padres y maestros, La casa del árbol *es un tema recurrente. Los padres, sorprendidos, cuentan que, gracias a estos libros, sus hijos leen cada vez más en el hogar. Me complace saber que existe un material de lectura tan divertido e interesante para los estudiantes. Con esta colección, usted también ha logrado que los alumnos deseen saber más acerca de los lugares que Annie y Jack visitan en sus viajes. ¡Qué estímulo maravilloso para hacer un proyecto de investigación!* —Kris L.

Como bibliotecaria, he recibido a muchos estudiantes que buscan el próximo título de la colección La casa del árbol. *Otros han venido a buscar material de no ficción relacionado con el libro de* La casa del árbol *que han leído. Su mensaje para los niños es invalorable: los hermanos se llevan mejor y los niños y las niñas pasan más tiempo juntos.* —Lynne H.

A mi hija le costaba leer pero, de alguna manera, los libros de La casa del árbol *la estimularon para dedicarse más a la lectura. Ella siempre espera el nuevo número con gran ansiedad. A menudo la oímos decir entusiasmada: "En mi libro favorito de* La casa del árbol *leí que…".* —Jenny E.

Cada vez que tienen oportunidad, mis alumnos releen un libro de La casa del árbol *o contemplan los maravillosos dibujos que allí encuentran. Annie y Jack les han abierto la puerta al mundo de la literatura. Y sé que, para mis estudiantes, quedará abierta para siempre.* —Deborah H.

Dondequiera que vaya, mi hijo siempre lleva sus libros de La casa del árbol. *Jamás se aparta de su lectura, hasta terminarla. Este hábito ha hecho que le vaya mucho mejor en todas sus clases. Su tía le prometió que si él continúa con buenas notas, ella seguirá regalándole más libros de la colección.* —Rosalie R.

LA CASA DEL ÁRBOL® #35
MISIÓN MERLÍN

La noche de los nuevos magos

Mary Pope Osborne

Ilustrado por Sal Murdocca

Traducido por Marcela Brovelli

PUBLICATIONS, INC.

Spanish translation©2016 by Lectorum Publications, Inc.
Originally published in English under the title
NIGHT OF THE NEW MAGICIANS
Text copyright©2006 by Mary Pope Osborne
Illustrations copyright ©2006 by Sal Murdocca
This translation published by arrangement with Random House Children's Books, a division of Random House, Inc.

MAGIC TREE HOUSE®
Is a registered trademark of Mary Pope Osborne, used under license.

Library of Congress Cataloging-in-Publication data
Names: Osborne, Mary Pope, author. | Murdocca, Sal, illustrator. | Brovelli, Marcela, translator.
Title: La noche de los nuevos magos / Mary Pope Osborne ; ilustrado por Sal Murdocca ; traducido por Marcela Brovelli.
Other titles: Night of the new magicians
Description: Lyndhurst, NJ : Lectorum Publications, Inc., [2016] | Series: La casa del árbol ; #35 | "Misión Merlín." | Originally published in English by Random House in 2006 under title: Night of the new magicians. | Summary: Jack and Annie visit the Paris World's Fair of 1889 in an effort to protect four scientific pioneers from an evil sorcerer.
Identifiers: LCCN 2016031941 | ISBN 9781632456458
Subjects: LCSH: Exposition universelle de 1889 (Paris, France)--Juvenile fiction. | CYAC: Paris World's Fair (1889)--Fiction. | Time travel--Fiction. | Magic--Fiction. | Brothers and sisters--Fiction. | Science--Fiction. | Paris (France)--History--1870-1940--Fiction. | France--History--Third Republic, 1870-1940--Fiction. | Spanish language materials.
Classification: LCC PZ73 .O74954 2016 | DDC [Fic]--dc23
LC record available at https://lccn.loc.gov/2016031941
....
ISBN 978-1-63245-645-8
Printed in the U.S.A
10 9 8 7 6 5 4 3 2 1

A Joe Alicata, un mago del diseño

Queridos lectores:

*P*or muchos años, he deseado que Annie y Jack *viajen a una de mis ciudades favoritas, París, Francia. Un día, mientras hacía mi trabajo de investigación, encontré el escenario perfecto para una nueva aventura en esa ciudad:* La Exposición Universal de París de 1889 *o, como también se la* conoce, La Feria Mundial de París de 1889. *Antes de la llegada de los viajes en avión, la televisión y el Internet, la gente asistía a ferias internacionales para conocer la comida, vestimenta y cos-*

tumbres de otras culturas. Y, también, para ver las últimas máquinas e inventos en exhibición.

Hacia fines del siglo XIX, el mundo experimentaba un gran cambio en la tecnología, incluso más grande que el cambio actual. Annie y Jack están a punto de iniciar una peligrosa misión en aquella maravillosa época. Acompáñalos...

Mary Pope Osborne

ÍNDICE

Una ciencia clarividente y una industria activa
han levantado, en medio de amplios palacios,
una torre de hierro que conduce al cielo.

—De *La canción del siglo*
de la *Comédie Francaise*

Prólogo

Un día de verano, en el bosque de Frog Creek apareció una misteriosa casa en la copa de un árbol. Muy pronto, los hermanos Annie y Jack advirtieron que la pequeña casa era mágica; podía llevarlos a cualquier lugar y época de la historia. También descubrieron que la casa pertenecía a Morgana le Fay, una bibliotecaria mágica del legendario reino de Camelot.

Después de viajar en muchas aventuras para Morgana, Annie y Jack vuelven a viajar en la casa del árbol en las "Misiones Merlín", enviados por dicho mago. Con la ayuda de dos jóvenes hechiceros, Teddy y Kathleen, Annie y Jack visitan cuatro lugares legendarios en busca de objetos valiosos para salvar al reino de Camelot.

En las próximas cuatro Misiones Merlín, Annie y Jack deben viajar a sitios y períodos reales de la historia para probarle a Merlín que ellos pueden hacer magia con sabiduría.

Primero, fueron en una misión a la ciudad de Venecia y, luego, viajaron a la antigua ciudad de Bagdad. Ahora, Annie y Jack están esperando, ansiosos, volver a tener noticias de Merlín.

CAPÍTULO UNO

Cuatro nuevos magos

Jack estaba leyendo en el porche a la luz del atardecer. Los grillos cantaban en el bosque de Frog Creek. En la calle, sonaba la música de un camión que vendía helados.

Annie salió de la casa.

—Tenemos que irnos —dijo.

—¿Adónde? —preguntó.

—Mamá nos dio dinero para comprar helado.

—Genial —exclamó Jack. Agarró la mochila y siguió a su hermana por la escalera del porche.

Mientras caminaban hacia la acera, se sentía el olor a musgo y hojas húmedas del bosque.

—¿Escuchas algo, Jack? —Annie se detuvo de golpe.

—¿Qué? No oigo nada —contestó él.

—*Eso* —exclamó Annie—. Hace un minuto, el canto de los grillos era insoportable. Ahora no se oye nada.

Jack trató de escuchar otra vez. Annie tenía razón. El bosque de Frog Creek había enmudecido.

—¿Tú crees que…? —preguntó Jack.

—Tal vez —contestó Annie, sonriendo—. ¡Vayamos a ver!

Los dos corrieron por la calle hasta el bosque iluminado por una luz suave. Rápidamente, avanzaron por entre los árboles cubiertos de hojas, hasta que se toparon con el roble más alto. Desde la copa, colgaba una escalera hecha con soga. En medio de las ramas más altas, estaba la casa del árbol, iluminada por la última luz del día.

—Creo que el helado puede esperar —dijo Jack, sonriente.

—Sí —contestó Annie. Se agarró de la escalera y empezó a subir. Su hermano subió detrás de ella.

Dentro de la casa, la luz del atardecer entraba por la ventana. En el piso, había un papel doblado y un libro pequeño, con tapa roja.

Annie levantó el papel doblado. Jack agarró el libro.

—Seguro lo dejó Morgana para que investiguemos —dijo él.

El título del libro estaba escrito con letras doradas.

Guía:
Feria Mundial
de París
~1889~

—Feria Mundial de París —leyó.

—¡Qué divertido! —añadió Annie.

—Sí, pero me pregunto por qué vamos a ir ahí —comentó Jack.

—Aquí debe de estar la respuesta —agregó Annie, desdoblando el papel—. Es la letra de Merlín. —Y comenzó a leer en voz alta:

Para Jack y Annie, de Frog Creek:

He descubierto que un hechicero malvado está planeando robar los secretos de cuatro nuevos magos en la Feria Mundial de París.

Ustedes tendrán la misión de hallar a los magos, prevenirlos y averiguar sus secretos.

Los cuatro nuevos magos son:

El Mago del Sonido: su voz puede oírse a miles de millas.

El Mago de la Luz: su fuego resplandece, pero no quema.

El Mago de lo Invisible:
lucha contra enemigos mortales,
que nadie puede ver.

El Mago del Hierro:
puede doblar los metales
y vencer la fuerza del viento.

Buena suerte,
M.

—Nuestra misión se parece más a un cuento de hadas que a la vida real —comentó Jack—. Un hechicero malvado, los Magos de lo Invisible, la Luz, el Sonido y el Hierro. Parece que fueran de un lugar imaginario, como Camelot, y no de un lugar real, como París, Francia.

—Vamos a ir a una Feria Mundial —dijo Annie—. ¿No te parece mágico?

—Tal vez —contestó Jack—. Pero, ¿por qué estos magos tan poderosos necesitan nuestra ayuda? ¿Por qué no pueden derrotar al hechicero malvado con sus propios poderes?

—Quizá el poder del hechicero es mayor que el de los magos —añadió Annie.

—Tal vez podamos ayudarlos con las rimas de Teddy y Kathleen —propuso Jack.

—¡Oh, no! —exclamó Annie—. ¡No trajimos el libro! ¡Tenemos que ir a casa!

—Despreocúpate, lo tengo acá —dijo Jack—. Desde que llegamos de Bagdad, lo he llevado a todos lados, en caso de que Merlín nos necesitara.

—¡Qué alivio! —exclamó Annie—. Echemos un vistazo.

Jack abrió la mochila y sacó el librito, escrito por sus dos amigos hechiceros de Camelot:

10 RIMAS MÁGICAS PARA ANNIE Y JACK
DE TEDDY Y KATHLEEN

—Bueno, ya usamos cinco rimas en las dos últimas misiones —dijo Jack—. Nos quedan cinco más para las dos siguientes. Nos falta utilizar: *Pedalear por el aire, Hacer que algo desaparezca, Bajar una nube del cielo, Encontrar un tesoro que nunca se puede perder* y *Convertirse en patos.*

—¡Cuac! ¡Cuac!

Jack miró a su hermana.

—Solo bromeaba —dijo ella.

—Es mejor que no hagas bromas con estas rimas —sugirió Jack—. Podrías terminar usando la incorrecta, en el lugar incorrecto y eso nos traería serios problemas. —Él cerró el libro de las rimas. —¿Estás lista?

—Lista —respondió Annie.

Jack respiró hondo y agarró la guía de la Feria Mundial de París del año 1889. Señaló el título y dijo: "Deseamos ir a este lugar".

El viento comenzó a soplar.

La casa del árbol empezó a girar.

Más y más rápido cada vez.

Después, todo quedó en silencio.

Un silencio absoluto.

CAPÍTULO DOS

Enciclopedia viviente

El aire cálido del crepúsculo olía a rosas. Jack abrió los ojos. Llevaba puesta una gorra antigua, una chaqueta rojiza y pantalones hasta las rodillas. Su mochila se había convertido en un morral de cuero.

Annie llevaba puesta una blusa blanca de mangas abombadas y una falda violeta, que terminaba con un vuelo.

—Mira, Jack, ahí está la Torre Eiffel —dijo.

Jack miró por la ventana. Habían aterrizado en un parque, lleno de árboles. Más atrás, se alzaba una inmensa torre que emanaba rayos de luz.

—Pues sí que es la Torre Eiffel —añadió.

—¿Pero dónde está la Feria Mundial? —Jack abrió el libro de París para investigar, y encontró un mapa—. Ah, perfecto, parece que la exposición está justo debajo de la torre. Va a ser fácil llegar.

—En marcha —dijo Annie.

—Espera, debemos saber qué hay que hacer en la misión —propuso Jack.

—Es simple —contestó Annie—. Hay que encontrar a cuatro magos: del sonido, de la luz, de lo invisible y del hierro. Debemos prevenirlos acerca del hechicero del mal y, después, aprender sus secretos para llevárselos a Merlín.

—A mí no me parece sencillo —agregó Jack—. Es una responsabilidad enorme.

—Entonces, va a ser mejor que empecemos *ahora mismo* —sugirió Annie, yendo hacia la escalera colgante de la casa del árbol.

Jack guardó el libro de París en el morral, junto con la carta de Merlín y el libro de rimas de Teddy y Kathleen, y siguió a su hermana.

Mientras caminaban por el parque, se oyó un sonido metálico proveniente del bolsillo de la falda de Annie. Ella metió la mano y sacó un puñado de monedas.

—Ah, el dinero para el helado se convirtió en monedas francesas —dijo.

—Bien, tal vez lo necesitemos en la exposición —comentó Jack.

Avanzaron por un sendero, que conducía al parque, hasta una avenida iluminada por lámparas de gas. Sobre los adoquines circulaban carruajes tirados por caballos y bicicletas antiguas. Todos parecían dirigirse hacia un puente muy transitado que cruzaba por encima de un ancho río.

Sobre el agua, se reflejaban las luces de unos cuantos barcos. A lo largo de la orilla más lejana del río, titilaban centenares de luces diminutas. La Torre Eiffel resplandecía bajo el crepúsculo plateado.

—París es bellísima —exclamó Annie.

—No me digas —añadió Jack—. Crucemos el puente para ir a la exposición.

Ambos se apresuraron para seguir a la gente que se dirigía al otro lado del puente.

Rápidamente se unieron a la alegre multitud. Los niños estaban vestidos como Annie y Jack. Los hombres usaban galera, saco y pantalones negros. Y las mujeres llevaban puestos sombreros grandes como canastos y vestidos largos y coloridos, inflados en la parte de atrás.

Al parecer, había visitantes de muchos países. Jack veía sombreros chinos y mejicanos, cofias holandesas y turbantes indios.

—Esto me hace recordar al carnaval de Venecia —dijo Annie.

—A mí también —añadió Jack—. Pero allí la gente estaba disfrazada y acá llevan puesta su ropa. Recuerda que esto es una feria *mundial*.

—Genial —exclamó Annie.

Jack miró a su alrededor, preguntándose cómo reconocerían a los cuatro magos.

¿Estarían vestidos como los parisinos? ¿O como la gente de otro país? O quizá como Merlín y Morgana. ¿Y el hechicero del mal?

—Parece que los boletos se compran ahí —comentó Annie, al llegar al final del puente.

Ella y Jack se acercaron a la caseta de venta, contigua a la entrada de la feria. Arriba de la puerta, en un inmenso cartel se leía:

Bienvenidos a la Feria Mundial de París de 1889

Mientras esperaban en la fila, Jack sacó el libro de la exposición para investigar.

—Tenemos que prepararnos para la misión —dijo, y empezó a leer en voz alta:

Bienvenidos a la Feria Mundial... una enciclopedia viviente con más de 60.000 expositores de todo el mundo.

—Tal vez algunas de las exposiciones sean espectáculos de magia —comentó Annie—. Ahí encontraremos a los magos.

—Podría ser —añadió Jack, y siguió leyendo:

¡Esta Feria Mundial es una exhibición del progreso! ¡Descubra el ingenio del hombre! ¡Aprenda acerca de la ciencia y la tecnología actual! ¡Vea las últimas máquinas e inventos!

—Mm, parece que esta exposición tiene que ver con inventos y temas científicos. No veo nada relacionado con la magia —comentó Jack, mirando hacia todos lados.

—¿Cuántos? —preguntó el vendedor de boletos, bruscamente.

—Dos, por favor —contestó Annie, sacando un puñado de monedas francesas.

El vendedor agarró dos monedas y Annie se guardó el resto del dinero en el bolsillo. Luego, ella y Jack entraron a la Feria Mundial de París de 1889.

CAPÍTULO TRES

¿Magia? ¿Magos?

—¡Uau! —exclamaron Annie y Jack, a la vez.

Debajo de la inmensa torre, en el centro de la concurrida exposición, una banda tocaba una marcha muy alegre. Las aguas de colores que lanzaban las fuentes parecían llegar al cielo. Un tren pequeño circulaba por entre la gente, haciendo sonar el silbato.

Bajo el crepúsculo, deambulaban visitantes de todas las edades y países. Todos parecían estarlo pasando muy bien, paseando entre las exhibiciones y comprando refrescos y souvenires.

—No se puede ver mucho desde acá —dijo Annie—. Nos perdemos casi todo.

—Mira ese tren —añadió Jack—. Podríamos subirnos y mirar todo desde allí.

—Buena idea —agregó Annie.

El silbato volvió a sonar.

—¡Por allá, Annie! —dijo Jack, señalando una parada llena de gente.

Ambos corrieron hacia el tren y se subieron. Annie sacó unas monedas del bolsillo y se las dio al conductor quien agarró algunas. Apretujados entre los pasajeros, Annie y Jack se sentaron en un banco de madera. Sonó el silbato y el pequeño tren inició el recorrido, echando humo por la chimenea.

—Fíjate si ves algo relacionado con la magia o los magos —comentó Jack.

Mientras el tren circulaba lentamente, se oyó la voz de un guía que hablaba por un megáfono: "¡Bienvenidos al tren de la Feria Mundial! Solo desde aquí serán testigos de la sorprendente his-

toria de las construcciones del hombre. En cada época, los edificios han tenido estilo y belleza".

El tren siguió su marcha, pasando por viviendas en forma de cueva, tiendas de lona y chozas construidas con barro.

"¿Magia? ¿Magos?", pensó Jack, mirando las diferentes construcciones. *"No, no, no"*.

Pasaron por una cabaña de paja, una mansión con columnas y un palacio con una enorme cúpula dorada.

"No, para nada", siguió pensando Jack.

—Ahora visitaremos distintos lugares del mundo —dijo el guía—. Primero, iremos a… ¡Egipto!

De pronto, comenzó a sentirse un delicioso aroma a café y a carne asada, que venía de una cafetería. Tres mujeres con el rostro cubierto con un velo, danzaban al compás de una música de flauta.

"Ahí no hay ningún mago", pensó Jack.

—Aprecien esta aldea africana, sobre la bella planicie de Serengueti —explicó el guía. El tren

pasó junto a un grupo de chozas, rodeadas de pasto alto. Allí la gente tocaba tambores y agitaba sonajas de calabazas.

"*Los magos no aparecen*", pensó Jack.

—Y ahora visitaremos el festival del Año Nuevo chino —anunció el guía, mientras el tren se acercaba a un grupo de acróbatas y a un inmenso dragón rojo, danzante.

—Los dragones tienen algo de magia, ¿no es así? —dijo Annie, mirando hacia atrás.

—Solo son hombres disfrazados —añadió Jack—. Eso no cuenta.

—A la izquierda, pueden ver una mezquita musulmana —dijo el guía—. A la derecha, un templo budista. Y allí, un exquisito jardín japonés...

—No, no, no —murmuró Jack.

El tren pasó muy cerca de una muestra de muñecas vestidas con trajes típicos de otros países. Y luego, por al lado de la estatua gigante de una mujer, en color marrón.

—Esta gran creación es Venus, la diosa romana, hecha con chocolate —explicó el guía.

—¡Es maravillosa! —dijo Annie.

—Sí, pero no la hizo un mago —añadió Jack.

Más adelante, un globo terráqueo, casi tan alto como una casa de tres plantas, giraba lentamente.

—Vean las bellas montañas, desiertos, ríos y océanos de la Tierra —sugirió el guía.

—Esta feria es una verdadera enciclopedia viviente —comentó Annie.

—Pero la enciclopedia no tiene lo que buscamos —dijo Jack. Suspiró y empezó a hojear su libro de referencia.

—¡Ah, fantástico! —dijo un pasajero.

—¡Estremecedor! —añadió, otro.

—¡Mágico! —exclamó otro.

—¿Alguien dijo *mágico?* —le preguntó Jack a Annie, levantando la vista del libro.

—Falsa alarma, están hablando de la Torre Eiffel —contestó Annie.

El tren se detuvo. Todos los pasajeros se quedaron sin habla, observando las luces rosadas que delineaban los enormes arcos en la base de la torre.

—La Torre Eiffel fue construida especialmente para la Feria Mundial —dijo el guía—. Mide casi mil pies de alto, es la estructura más alta del mundo. Si desean ver de cerca el nuevo milagro de París, pueden hacerlo.

Al instante, la gente empezó a bajarse del tren.

—Nosotros también tendríamos que bajarnos —propuso Jack—. Este viaje no ha sido de gran ayuda.

Justo antes de que sonara el silbato para que

todos se subieran otra vez, Annie y Jack se bajaron del tren.

—Esta torre sí que es alta —comentó Jack, mirando hacia arriba.

—*Realmente* alta —se admiró Annie.

Las vigas de hierro se alzaban en un entrecruzado sin fin. A través de la estructura forjada, se oía el rechinar de los amplios elevadores. Desde lo alto de la torre, poderosos rayos proyectaban su luz, dibujando delgados surcos luminosos por toda la ciudad.

—Sería hermoso ir hasta arriba, en uno de esos elevadores —comentó Annie.

—Lo sé, pero no hay tiempo —añadió Jack—. Tenemos que hallar a los cuatro magos antes de que lo haga el hechicero del mal.

—Me pregunto si ya habrá llegado —agregó Annie.

Ambos observaron a su alrededor. Todo el mundo paseaba por los predios de la exposición: padres contemplando la torre con sus hijos, parejas de enamorados caminando de la mano. Todos se veían felices y entusiasmados.

"Nadie tiene apariencia de hechicero del mal", pensó Jack. *"Nadie parece ser un mago del sonido, un mago de la luz, de lo invisible o del hierro.*

La voz de una niña pequeña interrumpió los

pensamientos de Jack.

—Mira, papá, ¡es mágica! —dijo la niña.

—¿*Mágica?* —exclamó Jack. Él y Annie se miraron.

—Allí —dijo Annie señalando un puesto exhibidor donde una niña reía, mientras su padre le colocaba un par de auriculares.

Annie y Jack se les acercaron.

—¡Esto es realmente increíble, Mimi! —comentó el hombre, sacudiendo la cabeza.

—¡Es mágico! ¿No crees, papá? —dijo la niña—. ¡Con esto la voz puede viajar *miles* de millas!

—¿Escuchaste eso? —susurró Annie, agarrando del brazo a su hermano—. *Enviar la voz a miles de millas;* ¡eso solo puede hacerlo un mago del sonido!

—¡Correcto! —exclamó Jack. Ambos miraron el letrero del expositor:

El teléfono:
un invento de Alexander Graham Bell

—¡Está hablando del *teléfono!* —dijo Jack—. ¡Creo que acaban de inventarlo!

—Entonces, ¡el mago del sonido es Alexander Graham Bell! —añadió Annie.

—¡Cielos! ¿Estará él aquí? —preguntó Jack.

—Iré a preguntar —respondió Annie, y se dirigió hacia una señora canosa que estaba ayudando en el puesto exhibidor—. Disculpe, ¿sabe dónde podemos encontrar a Alexander Graham Bell?

—Oh, acaba de marcharse —contestó la mujer.

—¿Adónde fue? —preguntó Annie.

—No lo sé —respondió la señora—. Un hombre muy extraño me dio una invitación para el Sr. Bell. Cuando se la di, él la leyó y se marchó de inmediato. Eso es todo lo que sé.

La mujer se dio vuelta para responder una pregunta.

—¡Alexander Graham Bell! —dijo Jack—. ¡Es un inventor famoso, no un mago!

—Si el hechicero oyó hablar del teléfono, seguro piensa que es mágico —dijo Annie.

—Me pregunto qué decía la invitación —añadió Jack—. ¿Por qué la mujer comentó que el mensajero era extraño?

—Vamos a preguntarle —sugirió Annie.

—Disculpe, queremos hacerle dos preguntas —dijo Annie—. ¿Sabe qué decía la invitación? ¿Por qué comentó usted que el mensajero era raro?

—No sé qué decía la invitación —respondió la mujer—, pero el hombre que me la dio llevaba puesta una capa larga y oscura, con una capucha que le cubría casi todo el rostro. Además, habló en un tono bajo y misterioso.

A Jack le corrió un escalofrío por la espalda. *"Así que el hechicero del mal se viste así"*, pensó. *"¡Justo como uno lo imaginaría!"*

—Parece que es el hechicero —le susurró Annie a Jack.

—Lo sé, lo sé —agregó él, mirando a su alrededor.

—¿Sabe adónde fue el hombre de la capa? —le preguntó Annie a la dama.

—Preguntó dónde quedaba la Sala de Máquinas —respondió la mujer.

—¿Dónde queda? —preguntó Jack—. ¿Está dentro de la feria?

—Sí, por supuesto. Es el edificio grande de vidrio. ¿Ven el techo? —La mujer señaló un techo abovedado transparente, que se alzaba por encima de los demás edificios de la exposición.

—Ya lo veo —dijo Annie.

—Bien —añadió la mujer—. Ahora, disculpen, debo ayudar a otras personas.

—Claro, gracias —agregó Annie—. Vámonos, Jack.

—Espera, espera —dijo él.

—El mensajero es el hechicero, ¡lo sé! —remarcó Annie.

—Claro que es él —añadió Jack—. Pero, ¿qué haremos cuando lo encontremos?

—Todavía no lo sé —contestó Annie.

—Podría ser peligroso —dijo Jack—. Necesitamos un plan.

—Primero, tenemos que encontrarlo… ¡Antes de que se vaya! —gritó Annie, y salió corriendo hacia la Sala de Máquinas.

CAPÍTULO CUATRO

El mago de Menlo Park

Jack salió corriendo detrás de su hermana, y la alcanzó en el inmenso edificio de vidrio. Annie estaba en la fila para comprar los boletos.

—Oye —dijo Jack, casi sin aire—. Necesitamos un plan. ¿Qué pasa si nos encontramos con el hechicero…? ¿Qué le diremos? Podría usar sus poderes para dañarnos.

—Usaremos una rima —sugirió Annie.

—¿Qué rima? —preguntó Jack.

—¿Cuántos boletos? —interrumpió el vendedor de boletos.

—Dos, por favor —contestó Annie, sacando algunas monedas. Luego, miró a Jack—. Entremos para ver si encontramos al hechicero. Más tarde, veremos qué rima usaremos.

—Bueno, pero estate tranquila —aconsejó Jack—. El hechicero podría sospechar.

Annie y Jack entraron en el edificio transparente.

—Cielos —susurró Jack.

La Sala de Máquinas era grande como un estadio de fútbol. Adentro había un centenar de personas y un centenar de máquinas; motores que rugían, ruedas giratorias y engranajes que no paraban de rechinar.

—¿Qué clase de lugar es este? —preguntó Annie.

Jack sacó el libro para investigar y empezó a leer en voz alta:

En la Sala de Máquinas se pueden ver máquinas de todo el mundo, que le dan vida al mundo de los ingenieros y los inventores. Podrán ver cómo se fabrica la tela para confeccionar ropa. Y verán la demostración de un automóvil que

funciona con gasolina. Y, por supuesto, podrán apreciar una colección de
inventos del ganador del primer premio, el americano de Menlo Park, Nueva
Jersey...

—¡Mira allá arriba! —interrumpió Annie, señalando una cinta muy amplia, que recorría todo el
salón, para que el público pudiera ver a todos los expositores—. Desde ahí tendremos una vista de todo.

—Bien —dijo Jack, guardando el libro—. Tal
vez podamos divisar al hechicero.

Ambos caminaron hacia la escalera. Subieron
a la concurrida cinta movediza y se pusieron a
observar a la multitud, debajo de ellos.

Un centenar de hombres, con trajes negros y
galeras, vaqueros americanos, hombres de barba
con turbantes y túnicas árabes, deambulaban por
el salón. Pero Jack no veía a ningún encapuchado
de apariencia escalofriante.

Mientras él y Annie se desplazaban lentamente entre las exhibiciones, el aire se tornó caliente y
los sonidos del salón, más insoportables: martilla-

zos, sirenas a todo volumen, campanadas y pitidos ensordecedores. Y la voz excitada de los visitantes retumbaba en los oídos de Annie y de Jack: "¡Qué genios!", "¡La Era de las Máquinas!", "¡Es el mago de Menlo Park!".

—¡¿Oíste eso?! —le gritó Annie a su hermano—. ¡Escuché la palabra mago!

—¡Sí! ¡Dijeron *El mago de Menlo Park*"! Acabo de leer algo acerca de ese lugar —comentó Jack. Agarró el libro, buscó la página indicada y leyó en voz alta:

Y, por supuesto, podrán apreciar una colección de inventos del ganador del primer premio, el americano de Menlo Park, Nueva Jersey, el señor ¡Thomas Alva Edison!

—¡Thomas Alva Edison! —exclamó Jack—. ¡Es uno de los inventores más brillantes de la historia! ¿Dónde está *su* exhibición? —Él y Annie empezaron observar todos los puestos de exhibición. Justo debajo de ellos, había uno, con un letrero grande, que decía EDISON.

—¡Ahí! ¡Bajemos! —sugirió Annie.

Cuando la cinta pasó por una escalera, ambos se bajaron. Descendiendo rápidamente entre la gente apretujada llegaron a la planta baja.

—Bueno, ¿dónde es? —preguntó Annie, mirando para todos lados.

—Sígueme —contestó Jack, y cruzó por un claro del salón hacia la caseta exhibidora de Edison, donde muchas personas observaban, apretujadas.

Annie y Jack se deslizaron entre la multitud para poder apreciar mejor. Muchos de los inventos de Thomas Edison estaban exhibidos. Uno tenía un tubo largo y montones de interruptores. Un poco más arriba, se veía un cartel:

Fonógrafo

—¿Qué es un *fonógrafo?* —preguntó Annie.

—Creo que es como un reproductor de CD, antiguo —explicó Jack—. Fue el primer aparato para escuchar grabaciones musicales.

Un hombre, con auriculares, escuchaba por el fonógrafo. Tenía los ojos llenos de lágrimas.

—¡Es increíble! —dijo—. ¡Ahora se puede escuchar cantar a los muertos!

—¿Qué quiere decir? —le preguntó Annie a Jack.

—Que ahora es posible escuchar en las grabaciones el canto de la gente que ya murió —explicó Jack.

—Jamás lo había pensado de esa forma —añadió Annie.

—¡Shhh! —exclamó alguien, tratando de escuchar el discurso de un hombre, que llevaba el nombre escrito en una etiqueta: HENRI.

—¡Así es! —anunció el hombre—. Thomas Alva Edison, de Menlo Park, Nueva Jersey, Estados Unidos, creó el fonógrafo, exhibido por primera vez aquí, en la Exposición Universal de París. El señor Edison ha inventado muchas otras cosas.

Henri se dirigió hacia otro exhibidor de la caseta, donde se veía una lamparilla con un interruptor. Colocó el dedo en el interruptor y empezó a encender y apagar la lamparilla.

—Diez años atrás, después de mucho trabajo y mil experimentos, Thomas Alva Edison creó la

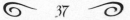

bombilla incandescente —anunció Henri—. Cuando la electricidad atraviesa el hilo, este se calienta. Con la ausencia de oxígeno dentro de la bombilla, el fuego resplandece pero no quema.

Mientras la gente se acercaba más a la bombilla, Jack se volvió hacia su hermana.

—¡Su fuego resplandece pero no quema! —susurró—. ¡Thomas Edison es el mago de la luz!

—¡Lo sé! —respondió Annie, y miró a Henri—.
Disculpe, ¿el señor Edison está en Menlo Park?
—le preguntó.

—No, en realidad, estuvo aquí hasta hace poco
—aclaró Henri.

—¿Sabe dónde está? —insistió Annie.

—No, lo único que sé es que lo invitaron a una
fiesta —respondió Henri.

A Jack le recorrió un escalofrío por la espalda.

—El hechicero del mal —susurró.

—¿La invitación la entregó un extraño, vestido con una capa? —preguntó Annie.

—Sí, ¿por qué? —añadió Henri.

—¿Sabe hacia dónde fue el mensajero? —agregó Jack.

—Preguntó dónde quedaba el Instituto Pasteur. Es todo lo que sé —contestó Henri.

—El Instituto Pasteur... ¿dónde queda? —preguntó Jack.

Pero Henri no respondió, porque un niño le había hecho una pregunta acerca de la bombilla.

—Ven, Jack, ¡de alguna forma lo encontraremos! —dijo Annie.

Mientras se alejaban del puesto exhibidor de Edison, una vez más oyeron las palabras de Henri: "Diez años atrás, después de mucho trabajo y miles de intentos, Thomas Alva Edison inventó la bombilla incandescente...".

CAPÍTULO CINCO

¿Holaaa?

Jack y Annie se abrieron paso entre la muchedumbre hacia la salida del gran Salón de Máquinas. Afuera los esperaba la cálida noche parisina de la exposición, tan concurrida como el salón, con guitarristas, cantantes y vendedores de comida que gritaban: "¡Leche con chocolate!, ¡Queso!, ¡Pan!, ¡Vino!".

—¡Tenemos que llegar rápido al Instituto Pasteur! —le gritó Annie a Jack.

Sacó el libro de la exposición y ojeó el índice, en busca de información acerca del instituto.

—Acá no dice nada, no debe de ser parte de la exposición —dijo Jack, cerrando el libro.

—Quizá podamos ir en uno de esos cochecitos —añadió Annie, señalando una hilera de carruajes con caballos. Junto a ellos, una fila de gente esperaba para tomar uno.

—¡Vamos! —exclamó Jack.

Los dos avanzaron entre la gente y se pusieron en la fila.

—¡Thomas Alva Edison y Alexander Graham Bell! —dijo Jack—. ¡El hechicero debe de pensar que son magos nuevos con poderes secretos!

—Y ahora los invita a una especie de fiesta para poder robárselos —agregó Annie.

—Apuesto a que está invitando a los otros dos —comentó Jack—. Al mago del hierro y al mago de lo invisible.

—Me pregunto si también son inventores —dijo Annie.

—Vamos, es nuestro turno —agregó Jack, a un paso del coche.

—Tenemos que ir a un lugar llamado Instituto Pasteur —le explicó Jack al cochero—. ¿Puede llevarnos?

—Por supuesto —contestó el hombre.

—¡Gracias! —exclamó Annie. Ella y Jack subieron a la parte trasera del coche. El cochero agitó las riendas y su caballo blanco inició la marcha por la calle empedrada.

—Disculpe —dijo Annie, inclinándose hacia adelante—, pero ¿qué es exactamente el Instituto Pasteur?

—Un laboratorio donde buscan la cura para las enfermedades —explicó el cochero.

—Ah…, interesante —exclamó Annie, mirando a su hermano—. ¿Por qué un hechicero del mal buscaría magos en un lugar así?

—No lo sé —contestó Jack.

—Tal vez está enfermo —dijo Annie.

—No lo creo —añadió Jack—. Pero, ahora sí necesitamos un plan. ¿Qué haremos si lo encontramos en el instituto? Él tiene poderes mágicos, ¿recuerdas?

—Pero nosotros también —dijo Annie.

—Correcto —suspiró Jack. Buscó dentro de su morral y sacó su libro:

10 RIMAS MÁGICAS PARA ANNIE Y JACK

DE TEDDY Y KATHLEEN

Bajo el farol del coche, Jack y Annie revisaron la tabla de contenidos.

—Recuerda que hay que usar una rima a la vez —dijo Jack—. *"Darle vida a una piedra"*, eso ya lo hicimos. *"Hacer que de la nada, aparezca ayuda"*, también lo hicimos y *"Arreglar lo que no tiene arreglo"*, eso también lo hicimos.

—Pero nos falta *"Pedalear por el aire"* —añadió Annie—, *"Hacer que algo desaparezca"*, *"Encontrar un tesoro que nunca se puede perder"*, *"Bajar una nube del cielo"* y *"Convertirse en patos"*.

—Vuelve a leer, por favor —insistió Jack—. *"Hacer que algo desaparezca"*, ¿qué te parece esa?

—Pero una persona no es "algo"... —comentó Annie.

—¿Por qué no? —dijo Jack—. Esta rima podría ser la solución. Haremos desaparecer al hechicero.

—Sí —suspiró Annie.

—Ya tenemos el plan —comentó Jack—. Memoricemos la rima. En cuanto veamos al hechicero, la diremos sin mirar el libro.

—Fantástico —exclamó Annie.

—Voy a memorizar la línea de Teddy. A ti te toca la línea de Kathleen —propuso Jack.

—Entendido —dijo Annie, empezando a decir su línea, *"desaparece en..."*.

—¡Nooo! —aulló Jack, tapándole la boca a su hermana—. No digas la rima antes de que sea necesario. ¡Imagina si alguno de nosotros o, algo importante, desapareciera por accidente!

—Perdón —exclamó Annie.

—Cada uno se aprende solo su línea y la repite en silencio. De esa manera ninguno podrá decir la rima completa cuando no toca hacerlo —propuso Jack.

—Buen plan —dijo Annie.

Cada uno estudió su línea en silencio, mientras el coche circulaba por la transitada calle, llena de carruajes y bicicletas, y de varias parejas, vestidas elegantemente.

Otros parisinos comían a la luz de las velas, en cafés al aire libre. Los camareros, vestidos de blanco, llevaban sus bandejas en lo alto. Todos se veían relajados y alegres. Cuando el coche dobló por una calle arbolada, Jack tuvo deseos de que él y Annie estuvieran disfrutando de París, igual que todos, en vez de estar buscando a un hechicero malvado.

—Es aquí —dijo el cochero, interrumpiendo los pensamientos de Jack.

—¿Aquí? —preguntó Jack. El Instituto Pasteur parecía una mansión embrujada. Las enormes puertas estaban cerradas. Las altas ventanas, a oscuras.

—¿Está seguro de que es el lugar correcto?
—preguntó Annie, con timidez.

—Pero, claro —respondió el cochero—. El instituto está cerrado, ¿quieren que los lleve a otro lado?

—No, gracias —contestó Jack—. Nos bajaremos acá.

Annie le dio algunas monedas al cochero. Luego, ella y Jack se bajaron.

Ambos observaron el edificio alto y oscuro.

—Tendríamos que golpear —sugirió Annie. Los dos subieron por la escalera de piedra.

—Estamos en el lugar correcto —dijo Jack. Una lámpara de gas iluminaba un cartel que decía:

Instituto Louis Pasteur

Jack golpeó la puerta tres veces.

No hubo respuesta.

Annie giró el enorme picaporte y empujó la puerta, pero estaba cerrada con llave.

—Tal vez haya otra puerta en algún otro lado —dijo.

Ambos recorrieron el exterior del instituto. Golpearon la puerta de atrás y la del costado, pero nadie respondió.

Cuando volvieron al frente del edificio, Jack suspiró resignado.

—Es inútil —dijo—, estamos en un callejón sin salida.

—No podemos darnos por vencidos —añadió Annie.

—Ya lo sé —agregó Jack. Los dos se quedaron mirando la calle. Todo estaba tranquilo, lo único que se oía era el sonido de unas bicicletas.

De repente, detrás de ellos una voz susurrante dijo: *¿Holaaa?*

CAPÍTULO SEIS

Enemigos invisibles

Jack y Annie se dieron vuelta. Junto a una puerta lateral del instituto había una silueta oscura. *"El hechicero del mal"*, pensó Jack, tratando de recordar su rima, con desesperación.

—¿Puedo ayudarlos? —dijo el extraño, dando un paso debajo de una lámpara de gas. Era un anciano de espalda encorvada, cabello blanco y sonrisa amistosa.

—¡Hola! ¿Quién es usted? —preguntó Annie.

—Soy el sereno. Por la noche, el instituto está cerrado —explicó el anciano—. ¿Los ha mordido un perro? ¿Necesitan tratamiento antirrábico?

—No, estamos bien —contestó Annie.

—¿Eso es lo que hacen aquí? —preguntó Jack—. ¿Dan tratamientos contra la rabia?

—Sí. No yo, por supuesto; el Dr. Pasteur. Y también trata otras enfermedades —explicó el sereno—. Él es el investigador médico más importante del mundo.

—¿De verdad? —preguntó Jack—. ¿Qué es lo que investiga?

—Los microbios —respondió el sereno.

—¿Microbios? —preguntó Annie.

—Gérmenes —aclaró Jack.

—Puaj —exclamó Annie.

—Los microbios son invisibles —añadió el anciano—. Algunos son útiles y necesarios, pero otros pueden causar un gran daño. El Dr. Pasteur está luchando contra los que causan la muerte, con investigación, vacunas y medicamentos nuevos.

—*¡Él lucha contra enemigos mortales que nadie puede ver!* —dijo Annie, ansiosamente—. Es el mago de lo invisible.

—¡Sí! —agregó Jack.

—Podría decirse que sí —dijo el anciano—. El Dr. Pasteur ha ayudado a mucha gente.

—Tenemos que encontrarlo —dijo Annie—. ¿Sabe dónde está?

—Desafortunadamente, acaba de irse —respondió el sereno—. Alguien le trajo una invitación.

—¿Un hombre de capa negra? —preguntó Annie.

—¿Lo conocen? —preguntó el sereno.

—La verdad, no —respondió Jack—. Pero creemos saber quién es. ¿Qué decía la invitación?

—No lo sé —contestó el sereno—, pero cuando el Dr. Pasteur la leyó, se marchó enseguida. Dijo que debía estar en la Torre Eiffel antes de las 10 de la noche.

—¿En la Torre Eiffel? —preguntó Annie.

—¿Antes de las 10 de la noche? —preguntó Jack—. ¿Sabe qué hora es?

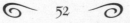

—Son las diez menos veinticinco —respondió el sereno, sacando un reloj de bolsillo.

—¡Uf! ¡Va a ser mejor que nos vayamos! —sugirió Annie.

—Gracias por su ayuda —le dijo Jack al sereno.

—De nada —contestó él. Entró en el instituto y cerró la puerta.

—¡Apúrate! —dijo Annie, mientras ella y Jack bajaban hacia la calle.

—¡El Dr. Louis Pasteur! ¡También he oído hablar de él! —comentó Jack—. Esto no tiene sentido. Ninguno de estos hombres era mago. Se hicieron famosos por sus logros en ciencia y otros temas.

—¿Quién será el *cuarto* "mago"? —preguntó Annie—. ¿El mago del hierro, que dobla los metales y doblega el viento? ¿Será mago o científico? ¿O qué otra cosa?

—No lo sé —preguntó Jack—, ¡pero tenemos que llegar rápido a esa torre! ¡Debemos encontrar a los magos y aprender sus secretos, ¡antes de que el hechicero lo haga!

Annie y Jack miraron a ambos lados de la calle, iluminada por lámparas. Sobre el empedrado, un hombre empujaba una carreta. Una pareja pedaleaba en una bicicleta para dos. Luego, apareció un coche tirado por caballos.

—¡Taxi! —gritó Jack.

Pero el coche siguió su camino y no había señales de ningún otro. La calle estaba desolada, los únicos que estaban allí eran Annie y Jack.

—Empecemos a caminar —sugirió Jack.

—Mira —dijo Annie.

La pareja de la bicicleta para dos había retomado la misma calle y se había detenido junto a una lámpara amarilla.

—Oímos que pedían ayuda —dijo el hombre, con voz áspera—. ¿Necesitan algo?

Annie y Jack se acercaron a la bicicleta. Los ciclistas eran una pareja extraña. El hombre, de baja estatura, llevaba sombrero alto, negro y tenía una barba tupida y un largo bigote. La mujer, también de estatura baja, tenía casi toda la cara cubierta por un velo.

—¿Cuál es la manera más rápida de llegar a la Torre Eiffel? —preguntó Annie—. Tenemos que estar allí antes de las diez de la noche. ¡Es una emergencia!

—¡Una emergencia! ¡Oh, querida! —exclamó la mujer, con voz chillona.

El hombre se aclaró la garganta y habló con su voz ronca.

—A pie les llevaría mucho tiempo, tendrán que llevarse nuestra bicicleta.

—¿De veras? —preguntó Jack.

—Por supuesto, si *realmente* están en una emergencia... —respondió el hombre.

—Sí, lo estamos —añadió Annie—. Pero, ¿cómo les devolveremos su bicicleta?

—Déjenla debajo de los arcos, al pie de la torre —contestó el hombre.

—Podemos pagarle por prestárnosla —agregó Annie, sacando monedas del bolsillo—. Pueden quedarse con todo el dinero.

—No, por favor, estamos felices de poder ayudarlos —dijo el hombre, bajando de la bicicleta.

—¡Qué amables! —dijo Annie.

—¡Buena suerte! —chilló la mujer. Ella y el hombre se alejaron, lentamente.

—*¡Ustedes* han sido nuestra buena suerte! —gritó Annie—. ¡Gracias!

—¡Sí, muchas gracias! —gritó Jack.

—¡Va a ser mejor que se apuren! ¡Si quieren estar allí a las diez, tendrán que pedalear con la velocidad de un torbellino! —gritó el hombre, y dobló la esquina con la mujer.

—¡Adoro esta bicicleta! —dijo Annie, subiéndose al asiento delantero.

—Ve despacio, tenemos que adaptarnos —sugirió Jack. Ambos comenzaron a pedalear suavemente. Al principio, se tambalearon y casi se caen al suelo —.Tenemos que pedalear a la misma velocidad.

Tratando de pedalear a la par, lograron el equilibrio. Poco a poco, la marcha de la bicicleta sobre los adoquines fue suavizándose.

—¡Creo que ya cogí el ritmo! —dijo Annie.

—¡Yo también! —agregó Jack—. Esta bicicleta es muy parecida a una común.

—¿Por dónde iremos? —preguntó Annie.

—Tenemos que ir por esa calle de los cafés —dijo Jack, ya cerca de una esquina.

—Hacia allá —añadió Annie, señalando una calle transitada, llena de restaurantes.

—Perfecto —contestó Jack.

Annie inclinó el manubrio y ambos pedalearon por la calle adoquinada, llena de parejas abrazadas. Las personas sentadas en las mesas al aire libre, los saludaban al pasar.

Pero a medida que se alejaban, la calle fue tornándose más solitaria. Cuando llegaron al final, ya no había nadie alrededor. Annie y Jack se pararon sobre los pedales y, temblorosos, detuvieron la bicicleta.

—¿Para dónde hay que ir? —preguntó Annie.

Jack miró a la derecha y a la izquierda. Las dos calles estaban apenas iluminadas, los comercios estaban cerrados y las casas, a oscuras. Él no podía reconocer nada.

—No lo sé —dijo Jack—. No presté atención cuando viajamos en el carruaje.

—Yo tampoco —agregó Annie.

Jack veía la Torre Eiffel detrás de los edificios.

No parecía tan lejana, pero no tenía idea de cómo llegar hasta allí.

—Vayamos hacia la izquierda —dijo.

Avanzaron sobre los adoquines, hasta que llegaron a una plaza al final de la calle.

—Es una calle sin salida —dijo Jack.

—¡Hay que retroceder! ¡Rápido! —recomendó Annie.

Le dieron vuelta a la bicicleta y pedalearon velozmente, hasta volver a aparecer en un callejón sin salida.

—¡Ay, no! —exclamó Jack—. ¿Dónde está esa calle llena de restaurantes?

—Creo que nos equivocamos —comentó Annie—. ¡Estamos *completamente* perdidos! ¡Y son casi las diez!

—¡Qué fastidio! ¡La torre está ahí *mismo!* —dijo Jack, señalando la Torre Eiffel, alzándose por encima de toda París—. ¡No está tan lejos! ¡Pero no podemos llegar!

—Espera un minuto —agregó Annie—. El

señor dijo que para llegar a tiempo íbamos a tener que pedalear con la fuerza de un tornado.

—Es verdad, ¡pero estamos perdidos! —dijo Jack—. ¡No sabemos para dónde ir!

—¡No importa! —añadió Annie—. Tenemos que pedalear. *¡Pedalear por el aire!*, ¡es una de nuestra rimas! *¡Tenemos que pedalear por el aire!*

CAPÍTULO SIETE

¡A pedalear!

—¡Uau! —susurró Jack. Buscó en su morral y sacó su libro de rimas.

—Diré la primera línea de la rima —le dijo a su hermana—. Tú lee la segunda línea. Luego, empezaremos a pedalear con todas nuestras fuerzas. La calle está vacía, nadie nos verá, así que podremos...

—Bien —interrumpió Annie—. Empecemos ya.

Jack acercó el libro a la luz y empezó a leer su línea:

¡Giran las ruedas como torbellino,
Luego, Annie leyó la segunda línea:
vuelan muy alto sobre el camino!

—¡Vamos, Annie, pedalea! —gritó Jack, metiendo el libro en el morral.

Concentrando toda la fuerza en los pies, se equilibraron sobre la bicicleta.

—¡Más rápido! —gritó Jack.

¡La bicicleta avanzó más velozmente! ¡De golpe, la rueda delantera empezó a despegarse de los adoquines!

—¡Huy! —gritó Annie.

—¡Agárrate fuerte! —gritó Jack, manteniendo firme su manubrio.

Las ruedas fueron ganando velocidad y la bicicleta se elevó por el aire, más y más alto, por encima de la calle y los techos de los edificios, hacia el cielo iluminado por la luna.

—¡Dobla hacia la izquierda! —gritó Jack.

Annie giró su manubrio y la bicicleta voladora se dirigió directo a la Torre Eiffel.

Los rayos blancos de las luces de la torre se reflejaban sobre París, iluminando las chimeneas, los campanarios de las iglesias y las cúpulas. Jack mantuvo lo mirada fija en la torre de hierro, en su objetivo, su punto de destino.

Mientras pedaleaban, el aire cálido de París los envolvía, manteniendo el ritmo firme de la bicicleta. Con muy poco esfuerzo, Annie y Jack fueron acercándose a la torre hasta que, muy pronto, estuvieron casi frente a ella.

—¡Tenemos que aterrizar! —vociferó Jack.

—¡Ya lo sé! —gritó Annie—. ¡Inclínate!

Ambos se inclinaron hacia adelante. Annie fijó las manos en el manubrio y la bicicleta bajó zumbando hacia la base de la torre.

—¡Deja de pedalear! —gritó Jack, aterrado de que se estrellaran contra el piso.

Pero la bicicleta parecía tener movilidad propia. Como una pluma en el aire, fue flotando sobre el suelo, acariciando el pasto en sombras de un jardín cercano a la torre, hasta que Annie y Jack pisaron los frenos.

La bicicleta se detuvo y depositó a sus pasajeros sobre el pasto, suave y húmedo.

Jack miró hacia arriba. La Torre Eiffel, a su lado, parecía tocar el cielo parisino, iluminado por la luna.

—Lo logramos —dijo Annie, entusiasmada.

—Todavía no —agregó Jack—. Aún nos falta encontrar la fiesta.

—Tenemos que dejar la bicicleta debajo de la torre, como lo prometimos —dijo Annie.

Se levantaron del pasto y empezaron a pedalear. Sobre el suelo, la bicicleta parecía más tosca que en el aire. Mientras avanzaban por el pasto, Annie y Jack se cruzaron con la marea de gente que salía de la feria.

—Parece que están cerrando la feria —dijo Annie.

Estacionaron la bicicleta debajo de la torre. El lugar se veía desierto y no había señales de la fiesta de los nuevos magos. Debajo de los altos arcos se veía un guardia solitario.

—¡Disculpe! ¿Sabe qué hora es? —preguntó, Annie, en voz alta.

—Casi las diez —respondió el hombre.

—¿La torre ya cerró? —preguntó Jack.

—Me temo que sí —contestó el guardia.

—Dijeron que esta noche iba a haber una fiesta, en la Torre Eiffel —explicó Annie.

—No, lo lamento. Como pueden ver, no hay ninguna fiesta, a menos que se refieran al asunto privado en lo alto de la torre —aclaró el guardia.

—¿Una fiesta privada? —preguntó Annie, mirando hacia arriba. La cima de la torre parecía estar a una milla de distancia.

—Sí, con invitados muy importantes —dijo el guardia, en voz muy baja—. El Sr. Thomas Edison, el Dr. Louis Pasteur y el Sr. Alexander Graham Bell.

—¡Esa es la fiesta que buscamos! —exclamó Annie.

—¿Hay un cuarto invitado? —preguntó Jack.

—Podría haber más invitados, pero no vi llegar a nadie más —dijo el guardia.

—Tenemos que estar allí también —añadió Annie—. ¿Cómo hacemos para subir?

—Lo lamento —contestó el guardia, sonriendo—. Los elevadores ya están cerrados. Incluso con invitación, tendrían que subir por la escalera, que es bastante larga, por cierto —aclaró el hombre, mirando hacia arriba—. Regresen de día y usen el elevador.

—¡Disculpe, señor! ¿Cuántos escalones hay? —preguntó Annie.

—Para ser preciso, 1652 escalones, hasta la plataforma de la cima —especificó el guardia. Saludó levantando su galera y desapareció en medio de la oscuridad.

—Son demasiados escalones —dijo Jack.

—¡Volemos en la bicicleta! —propuso Annie.

—No podemos, las rimas se usan una sola vez, ¿lo recuerdas? —explicó Jack, agarrando su libro de rimas. Y se puso a leer las que no habían utilizado: *"Encontrar un tesoro que nunca se puede perder"*.

—Eso no nos dice nada —añadió Annie.

—*"Bajar una nube del cielo"* —leyó Jack.

—Tampoco sirve —agregó Annie.

—*"Convertirse en patos"* —leyó Jack.

Annie sonrió.

—Olvídalo. No me presentaré ante Thomas Edison convertido en pato —dijo Jack.

—¿Entonces...? —preguntó Annie.

—A subir por los escalones —respondió Jack.

Rápidamente se pusieron a buscar la escalera alrededor de la torre.

—¡Allá! —exclamó Jack. Él y su hermana se abalanzaron sobre el primer escalón, metido en medio de una de las patas de la torre.

—¿Estás lista? —preguntó Jack, agarrado del barandal de hierro.

—Sí —respondió Annie—. ¡Apúrate!

Los dos emprendieron la subida de los 1.652 escalones, hacia lo alto de la Torre Eiffel.

CAPÍTULO OCHO

Secretos

Al principio, la subida era sencilla. Los escalones no eran empinados, y Jack iba contándolos a medida que subía con su hermana; "veintiséis, veintisiete, veintiocho…"

—Me pregunto qué estará pasando en la cima —dijo Annie.

—Treinta y uno, treinta y dos —siguió Jack.

—Quisiera saber si el hechicero está con ellos —añadió Annie—. ¿Qué va a hacer cuando descubra que esos hombres no son la clase de magos que él cree?

—No lo sé —exclamó Jack, con un hilo de voz—. Cuarenta y nueve, cincuenta...

—¡Apuesto a que no les creerá! —comentó Annie—. ¿Y si los secuestra y los obliga a que le digan sus secretos?

—Sesenta y uno, sesenta y dos... —contó Jack.

—Más rápido, más rápido —insistió Annie.

Cuando Jack contó trescientos sesenta escalones, en la plataforma del primer piso de la torre, él y Annie se habían quedado casi sin aliento. Jack sentía que los pies le pesaban como el plomo.

—¡Son demasiados escalones! —exclamó Annie, jadeando.

—¿En serio? —dijo Jack, con la voz entrecortada—. Pero no te rindas. Tenemos... tenemos que seguir.

Ambos continuaron con el ascenso, pero más lentamente. Jack continuó contando:

—Trescientos sesenta y uno, trescientos sesenta y dos...

—¿Sabes...? Es fácil que haya confundido a Alexander Graham Bell con un nuevo mago —comentó Annie, jadeando.

—Trescientos noventa y dos... trescientos noventa y tres... —continuó Jack.

—Suponte que nunca has visto un teléfono en tu vida... —propuso Annie—, de pronto, agarras ese aparato... oyes una voz... la voz de alguien... que vive lejos... ¿no pensarías que...?

—¡Magia! —suspiró, Jack, agotado—. Cuatrocientos cuarenta y cuatro… cuatrocientos cuarenta y cinco…

—¿Y Thomas Edison? —agregó Annie—. Por ejemplo, por miles de años… tú dependes del fuego para tener luz y… un día… tocas un interruptor y… *¡abracadabra!*… se enciende una bombilla de luz.

—¡Magia! —exclamó Jack, casi sin voz—. Quinientos diez…, quinientos once…

—¿Y qué me dices… de Louis Pasteur? Mira… —continuó Annie—, hay un montón de enfermedades… nadie sabe… qué las provoca y… un día… este hombre… descubre los gérmenes… y encuentra la forma… de destruir los que causan daño.

—¡Magia! —resopló Jack—. Seiscientos dos…, seiscientos tres… seiscientos cuatro… seiscientos cinco…

—No puedo creer que el hechicero quiera hacerles algo malo a estos hombres —dijo Annie—. Incluso si es…

—Malvado —dijo Jack—. Seiscientos veinte... seiscientos veintiuno...—. Los músculos de las piernas le quemaban, pero avanzaba como una máquina. Por último, llegaron a la segunda plataforma —. ¡Setecientos! —suspiró Jack.

—Tenemos que seguir. —Annie trató de alentar a su hermano.

—Sí. Y... tengamos... la rima lista —sugirió Jack—. En cuanto... veamos al hechicero... la diremos para que... ¡desaparezca!

—Correcto —dijo Annie, tomando aire—. ¡Es nuestra misión! Proteger a los... nuevos magos y... averiguar... sus secretos... para llevárselos a Merlín.

—No hables, ahorra aire —aconsejó Jack.

Continuaron subiendo y contando los escalones. Ya muy cerca de la cima, oyeron música de piano, que iba aumentando a medida que subían.

Finalmente, llegaron a la tercera plataforma.

—¡Mil seiscientos cincuenta y dos! —exclamó Jack, sin aire, a pocos pasos de la terraza, a la que se accedía por una escalera caracol.

Las piernas le quemaban, le dolía la cabeza y el corazón le latía fuerte.

—Tenemos que... seguir —dijo Jack. Él y Annie se arrastraron por la escalera caracol.

En un esfuerzo por respirar, se desplomaron sobre el último escalón. Arriba de ellos, ondeaba una bandera. Bañado en sudor, Jack sintió el viento frío.

—¿Quién estará tocando el piano? —dijo Annie aún agitada. La música venía de un apartamento pequeño, ubicado en la terraza.

—Tal vez alguno de los magos —respondió Jack.

—O el... hechicero —añadió Annie.

—Hay que hacerlo desaparecer —propuso Jack, en un arrebato de pánico, que le hizo olvidar el cansancio. Tembloroso, se puso de pie.

—Miremos por la ventana —sugirió Annie.

Caminaron luchando contra el viento hasta llegar a la ventana del apartamento. Al asomarse vieron una habitación acogedora, con sillas de cuero y lámparas encendidas. Un hombre de

barba recortada tocaba el piano. Detrás de él se veía un hombre mayor, de barba gris, un hombre muy alto, de barba blanca, y otro hombre de cara bondadosa, sin barba.

Ellos sonreían marcando el ritmo de la música.

—Están los cuatro —susurró Jack.

—¿El cuarto es el hechicero? —preguntó Annie—. ¿O es el cuarto mago nuevo?

—Para mí, ninguno es el hechicero —susurró Jack—. Todos parecen hombres buenos.

—De todos modos, ¿qué hacen aquí? —preguntó Annie.

—Investiguemos —propuso Jack. Y sacó el libro de la Exposición Universal, en busca de la Torre Eiffel. Encontró la torre dibujada, con cada plataforma identificada, y el cartel correspondiente al área superior decía:

En lo más alto de la torre se encuentra el departamento de Gustave Eiffel.

En un cuadro, se veía la imagen de Gustave Eiffel sentado en su apartamento.

—Mira... ¡el hombre del piano es él! —dijo Jack. Y se puso a leer:

Gustave Eiffel es uno de los ingenieros más importantes del mundo. Para hacer la torre usó vidrio y hierro, materiales más modernos en materia de construcción, ya que al ser más livianos que el cemento y el ladrillo, permitían levantar estructuras más altas.

Su diseño abierto y sus vigas de hierro mantienen estable a la torre ante los vientos fuertes.

—¡Él es el cuarto mago! —susurró Jack—. El mago del hierro: *"¡Él puede doblar los metales y vencer la fuerza del viento!"*.

—Están todos —dijo Annie—. Los famosos Alexander Graham Bell, Thomas Edison, Louis Pasteur y Gustave Eiffel: los cuatro magos nuevos.

—El hechicero aún no ha aparecido —comentó Jack.

—Ven —dijo Annie—. Debemos prevenirlos.

—Y tenemos que averiguar sus secretos antes que el *hechicero* —dijo Jack. Él y Annie se acercaron a la entrada del departamento. Annie golpeó la puerta.

Cuando la música del piano se detuvo, la noche quedó en silencio.

"Oh, cielos", pensó Jack. ¿Cómo iba a explicar una situación tan extraña a esos hombres tan importantes?

La puerta del apartamento se abrió y salió Gustave Eiffel.

—¿Sí? —dijo.

—Hola, ¿podemos entrar? —preguntó Annie.

—¡Mi Dios! ¡Parece que es noche de invitados inesperados! —dijo el Sr. Eiffel, sobresaltado—. ¿Cómo llegaste hasta aquí, pequeña? Creí que los elevadores estaban cerrados.

—Mi hermano y yo subimos por la escalera —respondió Annie.

—¡Oh, no! ¡Es demasiado para ustedes! —dijo el Sr. Eiffel—, ¡o para cualquiera, claramente! ¿Alguien también los invitó a la fiesta?

—No, exactamente —dijo Annie.

—Bueno, de todos modos, entren. ¡Cuantos más seamos, mucho mejor! —El Sr. Eiffel dejó pasar a Annie y a Jack, y cerró la puerta.

—Antes de que nos cuenten acerca de ustedes, déjenme presentarles a mis invitados inesperados —dijo el Sr. Eiffel—. Este es el Dr. Louis Pasteur. —Y señaló al señor de barba gris—. El Sr. Alexander Graham Bell. —El hombre alto,

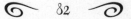

de barba blanca saludó—. Y el Sr. Thomas Alva Edison.

El hombre de la sonrisa le dio la mano a Annie y luego a Jack.

—Pueden llamarme Alva —dijo el Sr. Edison.

—Hola, Alva —murmuró Jack, con timidez. No podía creer que estaba estrechando la mano de Thomas Alva Edison.

—Llámennos Jack y Annie —dijo Annie.

—Bien, Annie y Jack, ¿cómo se enteraron de este encuentro? —preguntó el Sr. Eiffel—. A ustedes no los invitó la misma persona que a ellos, ¿verdad?

—Eh…, bueno… —Annie sonrió como si no supiera qué decir —. Eh…, no —contestó, respirando hondo—, pero sabemos quién envió las invitaciones.

—¿Quién? —preguntó el Sr. Eiffel.

—Un hechicero malvado que quiere robarles sus poderes mágicos —explicó Annie.

—¿Un hechicero? —preguntó el Sr. Eiffel.

—Sí —contestó Annie—. Nosotros podemos

hacerlo desaparecer. Pero, antes de que llegue, ustedes deben contarnos sus secretos.

Los cuatro hombres se quedaron mirando a Annie.

—¿Qué dijo la niña? —preguntó el Sr. Edison, como si le costara oír.

—Dijo que un hechicero quiere robarnos nuestros secretos mágicos —respondió el Sr. Eiffel, en voz alta—. Y que tenemos que contárselos a ellos antes de que él venga.

El Sr. Edison se echó a reír. Y los otros tres hombres, también.

Jack sintió que le hervía la cara.

—Así que... los secretos de nuestra magia —añadió el Sr. Eiffel—. Muy interesante... Creo que el secreto de *mi* magia es muy simple. Me gusta la aventura y amo el trabajo y la responsabilidad. Construir la estructura más grande del mundo fue muy atractivo para mí.

—Bien —dijo Annie—. Gusto por la aventura, amor al trabajo y a la responsabilidad. —Miró al Dr. Pasteur—. Doctor, ¿cuál es su secreto?

—¿Mi secreto? —preguntó el Dr. Pasteur. Y se quedó mirando el suelo por un momento. Luego, alzó la mirada y dijo—: Creo que mi secreto es este: la oportunidad favorece a las mentes preparadas.

Los demás hombres asintieron.

—Mmm —exclamó el Sr. Bell.

—Ah —exclamó el Sr. Eiffel.

—Muy cierto —dijo el Sr. Edison.

—Mmm… ¿Qué quiere decir eso? —preguntó Annie.

—*Oportunidad* quiere decir *suerte* —explicó el Dr. Pasteur—. Me atrevería a decir que todos, en nuestro trabajo, queremos tener suerte. Y sucede que, cuanto más estudio y me preparo, más suerte tengo.

—Eso es muy lógico; si uno estudia más, tiene más suerte —dijo Annie. Y miró al Sr. Edison—. Alva, ¿cuál es su secreto?

—Bueno, déjame pensar —respondió el Sr. Edison, con una modesta sonrisa y los ojos llenos de brillo—. Creo que mi secreto es este: un genio

es uno por ciento inspiración y noventa y nueve por ciento transpiración.

Los otros hombres se rieron.

—Muy cierto —dijo el Sr. Eiffel—. ¡Sudor! ¡Trabajo duro! Miles de experimentos fallidos hasta que, de pronto, uno de ellos funciona.

Los demás hombres aplaudieron.

—¡Entendí! ¡El genio es, mayormente, sudor!

Todos miraron al último mago.

—Oh, mi Dios —exclamó el Sr. Bell, tocándose la barba—. ¿Cómo lo explico? —Y cerró los ojos—. Cuando una puerta se cierra, otra se abre.

Todos comenzaron a aplaudir.

—Esperen, ¡no he terminado! —Con los ojos cerrados, el Sr. Bell continuó—: Casi siempre nos quedamos mirando con dolor la puerta que se cierra y esto no nos deja ver las nuevas puertas que se abren para nosotros.

El Sr. Bell miró a todos y sonrió. Los demás aplaudieron una vez más.

—¡Sí, sí! —afirmó el Sr. Eiffel—. Siempre hay otra puerta.

—¡Nunca hay que perder la esperanza! —añadió Annie—. ¡Entendí!

El Sr. Eiffel le sonrió.

—¿Crees que nuestros secretos serán suficientes para el malvado hechicero? —le preguntó a Annie.

Antes de que ella pudiera responder, alguien llamó a la puerta.

CAPÍTULO NUEVE

El hechicero

A Jack se le aflojaron las piernas..

Una vez más, llamaron a la puerta.

—¡Mi Dios, *otro* invitado inesperado! —dijo el Sr. Eiffel, riendo.

—¡No abra la puerta! —gritó Jack.

Todos lo miraron como si estuviera loco.

—¡Es el hechicero! —insistió Jack—. ¡Él cree que ustedes son magos! ¡Mi hermana dijo la verdad!

—No tengas miedo, hijo. Estoy seguro de que es otro invitado —comentó el Dr. Pasteur.

El Sr. Eiffel se acercó a la puerta

—¡No, por favor! —gritó Jack.

El Sr. Eiffel abrió la puerta. ¡Al instante, se oyó un estruendo ensordecedor! ¡Y una bola de fuego estalló en la habitación!

Jack se tapó la cara.

Luego, reinó el silencio.

—¿Jack? —preguntó Annie, en voz baja.

Él alzó la mirada. Una niebla dorada había invadido la habitación. Annie se acercó a su hermano. Los cuatro hombres estaban inmóviles. El Sr. Eiffel, el Sr. Bell, el Sr. Edison y el Dr. Pasteur se veían rígidos como rocas.

Jack miró hacia la puerta y vio una silueta oscura, envuelta en una capa larga.

—¡Es él! ¡Tenemos que decir la rima, Annie! —vociferó Jack. Y empezó a gritar la suya:

—*¡Cosa que frente a mí estás...*

Jack esperó a que Annie dijera la rima, pero ella se quedó callada. *"¡Ay, no! ¡No la recuerda!"*, pensó él, desesperado.

De pronto, Jack oyó la risa de su hermana.

—Eres *tú* —dijo Annie.

Jack alzó la vista. La niebla se había esfumado.

La cara del hechicero resplandecía bajo la luz. Era un rostro familiar, con surcos profundos, de ojos azul eléctrico.

—¿Merlín? —suspiró Jack.

El mago maestro le respondió con una sonrisa.

—¡Merlín! ¡Hola! —exclamó Annie, y corrió a abrazarlo.

—¿Qué pasó? ¿Dónde está el hechicero? —preguntó Jack, mirando fijo a Merlín.

—En mi mundo, hay hechiceros del mal —explicó Merlín, con voz profunda—. Pero, te aseguro que ninguno estuvo en la Exposición.

—Entonces, ¿el mensajero eras *tú?* —preguntó Annie—. *¿Tú* repartiste las invitaciones para reunirnos a todos?

—Sí, el mensajero era yo —confirmó Merlín—. Deseaba juntar a estos hombres tan excepcionales, para que ustedes pudieran verlos, mientras estaban en París.

—Pero, ¿por qué nos pediste que los encontráramos antes de que lo hiciera un hechicero del mal? —preguntó Jack.

Merlín sonrió.

—Sin ese desafío, ¿hubieran usado todo su poder mental y de acción? —les preguntó—. ¿Hubieran tenido la determinación de buscar a los "nuevos magos" para conocer sus secretos?

—Bueno, tal vez, no —contestó Jack, con honestidad.

—Los problemas nos hacen focalizar la energía —explicó Merlín—. Nos ayudan a pensar con más objetividad y actuar con mayor velocidad. Nunca deseen que los problemas desaparezcan. Son útiles para alcanzar las metas. ¿Comprenden?

Annie y Jack asintieron.

—Ahora… ¿puedo saber cuáles *son* los secretos de estos hombres tan extraordinarios? —preguntó Merlín—. De verdad quiero saberlo.

—Para alcanzar una meta, debes amar la aventura y la responsabilidad —dijo Jack.

—Para que la suerte te acompañe, debes estudiar y prepararte —dijo Annie.

—Debes trabajar muy duro; el genio es uno por ciento inspiración y noventa y nueve por cien-

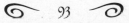

to transpiración —explicó Jack.

—Y, nunca pierdas la esperanza —agregó Annie—. Cuando una puerta se cierra, otra se abre, así que no te preocupes.

—¡Maravilloso! —dijo Merlín—. ¡Excelentes secretos! Y apuesto que no solo los *aprendieron* en la misión, también los *experimentaron*. ¿Me comprenden?

—Creo que sí —respondió Jack.

Annie miró a los hombres, rígidos como estatuas.

—¿Y *ellos*, Merlín? —preguntó ella—. ¿Van a estar bien?

—Sí, despertarán en cuanto me vaya. No te preocupes —dijo el mago.

—Discúlpame, casi hago que desaparezcas —dijo Jack.

—No hay problema —agregó Merlín, sonriendo—. Aunque, ahora tenemos un pequeño inconveniente. Nunca hay que dejar una rima mágica a medio decir.

—Uh, entonces Annie tiene que terminar la rima para que algo desaparezca —dijo Jack.

—Así es —añadió Merlín—. Podríamos usarla para acelerar mi regreso a Camelot.

—Claro. Pero, ¿te vas tan pronto? —preguntó Annie.

—Sí, debo partir —contestó el mago—. No quiero confundir a estos amables caballeros. No se preocupen, los necesitaré dentro de poco. Pero, ya es hora de que yo... desaparezca.

—Adiós, Merlín —dijo Jack, con una sonrisa.

Annie respiró hondo. Luego, miró al mago maestro y dijo la línea de la rima:

desaparece en un pispás!

Se oyó un estruendo, un estallido multicolor y... Merlín desapareció.

Casi al instante, los nuevos magos volvieron a la vida. El Sr. Eiffel señaló la entrada.

—¿Lo ves, hijo? El viento acaba de abrir la puerta.

—Ah, sí, disculpe —exclamó Jack, simulando vergüenza.

—Descuida, tú y tu hermana están a salvo. En el nuevo mundo de la ciencia, no hay lugar para la magia y los hechiceros del viejo mundo —dijo el Sr. Eiffel yendo a la entrada—. Vengan, echemos un vistazo al nuevo mundo.

Todos salieron al viento de la terraza y miraron por encima del barandal.

—París es una ciudad muy bonita, ¿no creen? —preguntó el Sr. Eiffel.

Annie, Jack y el resto contemplaron el reflejo de las luces de la torre desplazándose sobre las cúpulas y las copas de los árboles, los grandes monumentos y capiteles de las iglesias, las aguas coloridas de las fuentes y el río ondulante. Las luces de los botes titilaban como luciérnagas.

—Gracias al Sr. Eiffel y su torre, podemos ver toda la ciudad —gritó el Sr. Edison, por encima del viento.

—Gracias al Sr. Edison, diez mil lámparas de gas de la calle serán reemplazadas por luces eléctricas —anunció el Sr. Eiffel.

—Gracias al instituto del Dr. Pasteur, pronto habrá cura para muchas enfermedades mortales —agregó el Sr. Bell.

—Y gracias al Sr. Bell, podré llamarlos por teléfono y contarles todo —bromeó el Dr. Luis Pasteur.

Todos se echaron a reír.

—¡Y este es solo el comienzo! —dijo Annie—. Algún día, la gente llevará teléfonos pequeños en los bolsillos y podrá llamar a cualquier parte del mundo.

—Huy, Annie, va a ser mejor que nos vayamos —sugirió Jack que no quería que los hombres supieran que él y su hermana venían del futuro. Pero Annie siguió hablando.

—Y va a haber computadoras, para obtener información sobre cualquier cosa en cualquier momento...

—¡*Annie!* —dijo Jack.

—Y, escuchen esto... —agregó Annie, mirando el cielo—. ¡Llegará el día en que el hombre camine por esa luna!

—Tienes una imaginación exquisita —dijo el Sr. Eiffel, entre las risas de los demás.

—Eso es algo maravilloso —dijo el Sr. Edi-

son—. Sin imaginación, ninguno de nosotros estaría aquí esta noche.

—Bueno, debemos regresar a nuestra casa —añadió Jack.

—¿Y dónde *queda* su casa? ¿En la luna? —bromeó el Sr. Eiffel.

—No, en Frog Creek, Pensilvania, en los Estados Unidos —respondió Jack.

—¿Cómo llegarán hasta allá? —preguntó el Sr. Bell.

—En nuestra casa del árbol mágica —contestó Annie.

Los hombres se rieron. Jack trató de reírse con ellos.

—Bien dicho, Annie —dijo Jack—. Tenemos que irnos. —Annie, espero que tú y tu hermano tengan un viaje seguro en la casa del árbol —comentó el Sr. Eiffel—. Ustedes han sido mis invitados más divertidos. Por favor, vengan a visitarme cuando lo deseen.

Annie y Jack saludaron a los cuatro hombres. Luego, bajaron cuidadosamente por la escalera de caracol y empezaron el descenso de los 1.652 escalones de la Torre Eiffel.

CAPÍTULO DIEZ

¡Buenas noches, magos!

Era mucho más fácil *bajar* los 1.652 escalones que subirlos. Uno, dos, tres... diez, once, doce... veinte, veintiuno, veintidós.... Así continuaron bajando, bajando y bajando hasta que por fin llegaron a la base de la torre.

Jack notó que la bicicleta de dos asientos ya no estaba.

—Creo que los dueños vinieron a llevarse la bicicleta —dijo Jack.

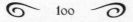

Annie y Jack miraron a su alrededor. Las casetas de la exposición se veían cubiertas y las entradas estaban cerradas. Todo el movimiento y bullicio del día en la Feria Mundial había finalizado. La enciclopedia viviente se había ido a descansar. De pronto, Jack se sintió exhausto.

—¿Nos vamos a casa? —preguntó Annie.

—A Frog Creek —agregó Jack, suspirando. Rápidamente, cruzaron el puente y la avenida—. Esos hombres eran realmente amables —agregó Jack, mientras caminaban por el parque oscuro, perfumado por las rosas.

—Sí, es verdad —dijo Annie—. Actuaban con tanta normalidad y, sin embargo, crearon todas esas cosas tan maravillosas.

—Sí, como si fueran magos disfrazados —añadió Jack.

Por fin llegaron a la casa del árbol. Subieron por la escalera colgante y, por última vez, miraron por la ventana. La Torre Eiffel parecía un vigía sobre París, sus rayos de luz barriendo cada rincón de la ciudad.

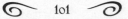

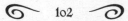

Jack sacó la carta de Merlín del morral, la abrió y señaló las palabras: *Frog Creek*.

—Annie y yo deseamos ir a...

Antes de que Jack terminara su deseo, él y Annie fueron alcanzados por una intensa luz blanca. Jack miró hacia arriba. Uno de los rayos de la torre, posado sobre la casa del árbol, se detuvo por un rato.

Annie y Jack empezaron a saludar con las dos manos, enérgicamente.

—¡Buenas noches, señores magos! —gritó Annie.

Jack se rió. Luego, agarró la carta de Merlín y terminó la frase:

—... a casa, en Frog Creek —dijo.

El viento comenzó a soplar.

La casa del árbol empezó a girar.

Más y más rápido cada vez.

Después, todo quedó en silencio.

Un silencio absoluto.

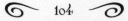

Jack abrió los ojos. Él y su hermana estaban vestidos con la ropa habitual. La casa del árbol estaba iluminada por el reflejo crepuscular. En Frog Creek, el tiempo se había detenido.

—Qué buen viaje —dijo Jack, en tono suave.

—Realmente, fantástico —exclamó Annie.

Jack sacó el libro de la exposición de la mochila y lo dejó sobre el piso, junto a la carta de Merlín, pero se llevó el libro de rimas mágicas de Teddy y Kathleen.

—Bueno, nos quedan tres rimas para nuestra cuarta aventura —dijo.

—Cuac, cuac —bromeó Annie.

—Muy graciosa —respondió Jack—. ¿Estás lista?

—Sí —contestó Annie, dirigiéndose a la escalera. Jack bajó detrás de ella.

Mientras caminaban por el bosque en sombras, el mundo volvió a ser común y corriente.

—Aún no puedo creer que conocimos a esos hombres, y que le di la mano a Thomas Edison —comentó Jack.

—¿Te refieres a Alva? —preguntó Annie.

—Sí, a Alva, ¡uau! —dijo Jack, en tono bajo.

—¿A qué se refería Merlín cuando dijo que, además de aprender todos los secretos, también los habíamos *experimentado?* —preguntó Annie.

—Piénsalo así... —dijo Jack—. En primer lugar, jamás hubiéramos ido a nuestra misión, si no amáramos la aventura y la responsabilidad, como el Sr. Eiffel.

—Correcto —contestó Annie—. Y también sudamos mucho cuando subimos los mil seiscientos y tantos escalones.

—Y jamás perdimos la esperanza, al encontrar cerradas las puertas del instituto —añadió Jack—. Nos quedamos hasta que otra puerta se abrió.

—Y nos preparamos leyendo nuestro libro —dijo Annie—, porque la suerte apareció cuando alguien llamó a Thomas Edison el hechicero de Menlo Park.

—Y la suerte nos favoreció cuando nos prestaron la bicicleta —agregó Jack.

—En realidad, creo que eso no fue suerte —dijo Annie.

—¿Qué quieres decir? —preguntó Jack.

—¿No advertiste que el hombre parecía un niño disfrazado? —preguntó Annie—. La barba y el bigote no eran verdaderos.

—Sí, ¡lo noté! —respondió Jack—. Pero había tantas cosas alrededor que no tuve tiempo de pensar en eso.

—Y la mujer hablaba con una voz chillona y

extraña. Y el velo de la cara —continuó Annie—. Y el hombre nos dijo que giráramos como un torbellino. Esas palabras fueron muy extrañas, pero me recordaron las rimas del libro de Teddy y Kathleen.

Jack asintió con lentitud. Luego, sonrió.

—¿Tú crees que en realidad eran Teddy y Kathleen? —preguntó.

—Tal vez —respondió Annie—. En nuestras tres misiones anteriores, he sentido que han estado con nosotros, ayudándonos a estar en el lugar y tiempo perfectos.

—La próxima vez quizá podamos pescarlos cuando traten de ayudarnos —sugirió Jack.

—Sí, trataremos de sorprenderlos nosotros a ellos —dijo Annie, riendo.

—Buena idea —añadió Jack.

A lo lejos, se oyó una campanilla.

—¡Helado! —dijo Annie.

—Ajá, otra misión importante —comentó Jack.

Los dos salieron corriendo del bosque, hacia el suave crepúsculo veraniego.

Nota de la autora

Las famosas palabras de **Alexander Graham Bell** dieron esperanza a mucha gente, en momentos de decepción: "Cuando una puerta se cierra, otra se abre. Pero, a menudo, muchos perdemos tanto tiempo lamentándonos por la puerta que se cerró, que no llegamos a ver las que se nos abren".

En sus intentos por crear un aparato que transmitiera el llamado de una persona, Bell probó muchas puertas. Luego de mucho experimentar, un día, mientras trabajaba en su invento, Bell llamó a su asistente, que se encontraba en la otra habitación: "Sr. Watson, venga, por favor". Para sorpresa de ambos, Watson oyó el llamado por el transmisor en el que habían estado trabajando. Esas fueron las primeras palabras que se oyeron a través de un teléfono.

Cuando **Thomas Alva Edison** dijo su famosa frase "Un genio es uno por ciento inspiración y noventa y nueve por ciento transpiración", realmente, ¡sabía lo que decía! Siempre trabajó intensamente. De niño, leyó casi todos los libros de la biblioteca pública. Con solo doce años, vendía meriendas en los trenes y tenía otro negocio de venta de verduras. A los trece, inició su propio periódico y a los quince, se convirtió en un experto operador de telégrafos.

En su tiempo libre, Edison se dedicaba a trabajar en sus inventos. De muy joven, una explosión y una enfermedad, la escarlatina, dañaron su sistema auditivo, causándole una sordera, que le permitió una mayor concentración. Más adelante, Edison abrió un laboratorio en Menlo Park, Nueva Jersey, donde inventó la primera bombilla eléctrica incandescente y el primer fonógrafo, o tocadiscos. Unos años después, creó la primera película muda. Hacia el final de su carrera, Edison tenía más de mil inventos patentados. El día de su muerte, en el año 1931, todas las casas de Estados Unidos, atenuaron las luces para rendirle homenaje.

Cuando **Louis Pasteur** dijo: "las oportunidades favorecen las mentes preparadas", ya sabía lo que esto significaba. En París, como médico investigador, Pasteur estudió los microbios durante muchos años, con la esperanza de descubrir la relación entre los gérmenes y las enfermedades infecciosas. Su trabajo constante, lo llevó a establecer la teoría del germen, a desarrollar una vacuna contra la rabia, una enfermedad mortal, y a crear el proceso de pasteurización, que mata los gérmenes de los alimentos con la aplicación de calor. Hoy, el Instituto Pasteur, ubicado en París, sigue siendo un importante centro de investigación que contribuye a prevenir y tratar las enfermedades mortales.

El ingeniero francés **Gustave Eiffel** atribuyó gran parte de su éxito a sus padres. Tal como lo expresó en su frase: "De mi padre, heredé el gusto por la aventura y, de mi madre, el amor por el trabajo y la responsabilidad".

En su carrera, Eiffel tuvo muchas grandes aventuras. Aplicando la nueva tecnología de construir utilizando hierro, comenzó a diseñar innovadores puentes y viaductos. Incluso, participó en el diseño de la Estatua de la Libertad, para la ciudad

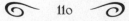

de Nueva York. Pero su hazaña más sorprendente fue la Torre Eiffel, en París, la estructura más alta del mundo, hasta el año 1930.

Para construir la torre, su creador debió enfrentar la resistencia de quienes decían que el diseño era espantoso, y de quienes estaban seguros de que los vientos fuertes terminarían tumbándola. Sin embargo, Eiffel utilizó un diseño particular, precisamente, para que el viento circulara libremente a través de la estructura abierta. Con el tiempo, la Torre Eiffel se convirtió en el símbolo más amado de París, llegando a recibir, en la actualidad, a más de seis millones de turistas al año.

Thomas Alva Edison se encontró con Gustave Eiffel en la oficina de la cima de la torre, durante la Exposición Universal de París del año 1889. También, en su visita a París, Edison se encontró con Louis Pasteur, en el Instituto Pasteur. Ese verano, el único ausente de aquellos extraordinarios hombres fue Alexander Graham Bell. Sin embargo, en la gran exposición, el teléfono fue uno de los inventos de mayor éxito.

Actividades divertidas para Annie, para Jack y para ti

¡Conviértete en un nuevo mago!

El teléfono, un invento de Alexander Graham Bell, funciona a partir de vibraciones de sonido que viajan a través de la corriente eléctrica. Sin embargo, la electricidad no es el único vehículo que transporta vibraciones, haciendo que el sonido pueda viajar. Realiza este experimento con un amigo o con un familiar, y con un trozo de cordel y dos vasos plásticos, tendrás un teléfono como por arte de magia.

Teléfono de cordel

Se necesita:
- 2 vasos plásticos
- cordel de entre 3 -10 yardas
- lápiz con punta
- 2 clips (opcional)

Con la punta del lápiz, haz un agujero en la base de cada vaso. Pasa el cordel por el agujero y haz un nudo en la punta del cordel, de manera que el nudo quede adentro y no pueda deshacerse. También, puedes atar el cordel al clip, para asegurarte de que el nudo quede en su sitio.

Luego, pasa la otra punta del cordel por el otro vaso y haz el nudo para que quede en el interior, sin deshacerse. Si lo deseas, usa el clip.

Cada persona, sosteniendo un vaso, debe caminar hasta que el cordel quede bien estirado. Luego, una acercará su vaso al oído y la otra, deberá hablar por su vaso. ¿Podrán escucharse?

¡Idea eléctrica!

En sus experimentos para inventar la lamparilla eléctrica, Thomas Alva Edison trabajaba con una electricidad muy poderosa y peligrosa. Pero era un experto y sabía muy bien lo que hacía. ¡NUNCA TOQUES LOS ENCHUFES NI JUEGUES CON LA ELECTRICIDAD!

Hay un tipo de electricidad que es más segura para estos experimentos: la electricidad estática. Esta sucede cuando tu cabello se electriza o tensa, o cuando tocas a alguien y sientes como un pinchazo. Si alguna vez te preguntaste si la estática es, en verdad, electricidad, realiza este experimento.

Luz estática

Se necesita:

- 1 bombilla fluorescente (Esta no es la clase de lámpara que Thomas Edison inventó). Pídesela a alguien mayor.
- Un peine
- Una habitación oscura

Entra en la habitación. Pásate el peine por el cabello seco varias veces rápidamente. O restriega el peine en un suéter. Luego, toca la bombilla con el peine y observa de cerca. Deberían desprenderse chispas pequeñas. La estática es tan fuerte que puede llegar a encender una bombilla.

A continuación un avance de

LA CASA DEL ÁRBOL® #36
MISIÓN MERLÍN

Tormenta de nieve en luna azul

Jack y Annie continúan con otra
maravillosa aventura llena de historia,
magia y ¡mucha nieve!

CAPÍTULO UNO

El último unicornio

Nubes grises cubrían el cielo de noviembre. Jack leía frente a la chimenea de la sala.

—¿Quién quiere chocolate caliente? —dijo su padre, desde la cocina.

—¡Yo, por favor! —contestó Jack.

La puerta principal se abrió y Annie entró corriendo, junto con una ráfaga de viento frío.

—¡Jack! ¿Adivina qué? —susurró ella—. ¡Ha vuelto!

—¿Cómo lo sabes? —preguntó Jack.

—Venía de la biblioteca hacia acá y… —Agitada, Annie tomó aire—. Vi un destello de luz en el cielo, sobre el bosque. La última vez que eso sucedió…

Antes de que Annie terminara la frase, Jack se puso de pie.

—¡Papá, Annie y yo saldremos un rato! —gritó Jack—. Sírvenos el chocolate más tarde, por favor.

—¡De acuerdo! ¡Diviértanse! —respondió el padre, desde la cocina.

—Tengo que traer mi mochila —le dijo Jack a Annie—. Te veré en el porche.

—¡No olvides el libro de rimas! —dijo Annie, al salir.

10
Rimas mágicas
para Annie y Jack
de Teddy y Kathleen

Jack corrió a su habitación cogió su mochila y la abrió para ver si el libro de rimas seguía ahí. Bien, estaba *ahí*.

Jack bajó corriendo por la escalera. Se puso las botas, la chaqueta, la bufanda y los guantes, y se dirigió hacia la puerta.

—¡Vamos! —exclamó Annie.

—Ay, ¡qué frío! —dijo Jack. Podía ver su aliento suspendido en el aire frío—. ¡Apurémonos!

Ambos corrieron calle abajo y entraron en el bosque de Frog Creek, zigzagueando por entre los árboles, pisando las hojas secas.

Jack se detuvo. La casa del árbol había *regresado*. Podía verse su sombra, bajo el cielo gris de noviembre.

—Tenías razón, Annie.

—Gracias —contestó ella, y corrió hacia la escalera colgante. Jack la siguió.

Al entrar en la pequeña casa mágica, Annie y Jack vieron un libro y un pergamino sobre el piso. Annie levantó el pergamino, lo desenrolló y se puso a leer en voz alta:

Mary Pope Osborne

Queridos Annie y Jack, de Frog Creek:
He decidido enviarlos a otra misión para que
prueben que pueden usar la magia con sabiduría.
Este poema los guiará.

                    M.

Al último unicornio
lo tienen bien escondido,
quienes, con un hechizo,
lo han sorprendido.

Cuatro siglos y cuatro décadas
desde aquella tarde nublada,
al final de noviembre
la luna azul aguardaba.

Para irse libre a casa,
despertará de su sopor,
si lo llaman por su nombre:
de Roma Divina Flor.

Deberá ponerse de pie,
cuando su nombre se escuche,
para que la cadena se rompa,
y el hechizo se esfume.

Una joven deberá amarlo
y mostrarle el camino,
o la gente verá por siempre,
lo que fue de su destino.

Si la oportunidad perdiera
de escapar con decisión,
la magia se esfumaría,
de su cuerno y su corazón.

—¡Un unicornio! —dijo Annie, emocionada—.
Ya lo amo. ¡Yo le *mostraré* el camino!

—Pero, este poema es muy difícil. ¿Qué clase
de libro nos mandó Morgana? —dijo Jack, levantando el texto que Morgana le Fay, la bibliotecaria
de Camelot, les había dejado. En la tapa se veía
una hilera de rascacielos y el título decía: *Guía de
Nueva York, 1938*.

—¿Nueva York? ¡Adoro esa ciudad, Jack!
—dijo Annie—. ¿Recuerdas qué bien lo pasamos
allí con la tía Mallory?

—Sí, a mí también me encanta —añadió Jack—,

pero ¿qué haría un unicornio en esa ciudad, en 1938? Es una criatura imaginaria, muy antigua, y Nueva York es un lugar real y no ha pasado tanto tiempo desde ese año.

—Es cierto —dijo Annie—. Parece que será una misión difícil, pero para ayudarnos, tenemos el libro de rimas mágicas de Teddy y Kathleen.

—Sí —dijo Jack, agarrando el libro de sus amigos, dos jóvenes magos de Camelot—. El problema es que hay que usar una rima cada vez y, de diez, ya hemos usado siete —agregó.

—Eso quiere decir que nos quedan tres. ¿Cuáles son? —preguntó Annie.

—*"Bajar una nube del cielo"* —respondió Jack.

—Genial —exclamó Annie.

—Sí, pero no sé si servirá de mucho —dijo Jack, y volvió a mirar el libro—. *"Encontrar un tesoro que nunca se puede perder".*

—¡Esa me gusta! El unicornio es un tesoro, esa rima podría servir para toda la misión —comentó Annie.

—Pero solo sirve, en parte —dijo Jack—. El unicornio puede ser un tesoro, pero una vez que lo encontremos tendremos que perderlo. Debe volver a su hogar.

—Ay, sí… —exclamó Annie—. ¿Qué sigue?

—Tu rima favorita: *"Convertirse en patos"* —contestó Jack.

—¡No veo la hora de usarla! —agregó Annie, riendo.

—Espero que *nunca* tengamos que usarla —dijo Jack. No quería andar por un lago, graznando como un pato—. Estas rimas que quedan no me parecen muy útiles.

—Bueno, veamos qué sucede —sugirió Annie—. Pero, ahora… —Y, sonriendo, levantó el libro que les había dejado Morgana.

—Nueva York, allá vamos —exclamó Jack. Señaló la tapa del libro y dijo—: ¡Deseamos ir hacia *allá!*

El viento comenzó a soplar.

La casa del árbol empezó a girar.

Más y más rápido cada vez.

Después, todo quedó en silencio.

Un silencio absoluto.

WILL OSBORNE

Mary Pope Osborne

Es autora de novelas, libros ilustrados, colecciones
de cuentos y libros de no ficción. Su colección La
casa del árbol, número uno en ventas según el *New
York Times*, ha sido traducida a muchos idiomas y
es ampliamente recomendada por padres, educa-
dores y niños. Estos relatos acercan a los lectores
a diferentes culturas y períodos de la historia, y
también, al legado mundial de cuentos y leyendas.
La autora y su esposo, el escritor Will Osborne
(autor de *Magic Tree House: The musical*), viven
en el noroeste de Connecticut, con sus dos Norfolk
terriers, Joey y Mr. Bezo.

Sal Murdocca es reconocido por su sorprendente trabajo en la colección La casa del árbol. Ha escrito e ilustrado más de doscientos libros para niños, entre ellos, *Dancing Granny*, de Elizabeth Winthrop, *Double Trouble in Walla Walla*, de Andrew Clements y *Big Numbers*, de Edward Packard. El señor Murdocca enseñó narrativa e ilustración en el Parsons School of Design, en Nueva York. Es el libretista de una ópera para niños y, recientemente, terminó su segundo cortometraje. Sal Murdocca es un ávido corredor, excursionista y ciclista. Ha recorrido Europa en bicicleta y ha expuesto pinturas de estos viajes en numerosas muestras unipersonales. Vive y trabaja con su esposa Nancy en New City, en Nueva York.